D1137534

Pépé Camisole
et tous les matins d'été

Que ce soit un matin ou un soir d'été, venez faire un
tour sur notre site : www.soulieresediteur.com

Du même auteur :
Chez le même éditeur :

Ma vie zigzague, collection Graffiti, 1999.
Finaliste au prix M. Christie 2000.
Les neuf dragons, collection Graffiti, 2005.
Finaliste prix des bibliothécaires de Montréal 2006.
Milan et le chien boîteux, collection Graffiti, 2010.
Pépé Camisole et le ptintemps hâtif, 2012.

Chez d'autres éditeurs
pour la jeunesse:
Xavier et ses pères, roman, collection Papillon,
éditions Pierre Tisseyre, 1994.

pour les adultes :
Ti-cul Desbiens ou le chemin des Grèves, roman,
éditions Pierre Tisseyre, 1991.
Les années inventées, nouvelles, éditions Pierre
Tisseyre, 1994.
Canissimius, roman, éditions Québec/Amérique, 1990.

Pépé Camisole
et tous les matins d'été

un roman de
Pierre Desrochers
illustré par
Julien Paré-Sorel

**SOULIÈRES
ÉDITEUR**
www.soulieresediteur.com

case postale 36563 — 598, rue Victoria
Saint-Lambert (Québec) J4P 3S8

Soulières éditeur remercie le Conseil des Arts du Canada et la
SODEC de l'aide accordée à son programme de publication
et reconnaît l'aide financière du gouvernement du Canada
par l'entremise du Fonds du livre du Canada (FLC) pour
ses activités d'édition. Soulières éditeur bénéficie également
du Programme de crédit d'impôt pour l'édition de livres –
Gestion Sodec — du gouvernement du Québec.

Dépôt légal : 2013

**Catalogage avant publication de Bibliothèque et
Archives nationales du Québec et Bibliothèque
et Archives Canada**

Desrochers, Pierre, 1950-

    Pépé Camisole et tous les matins d'été
    Collection Chat de gouttière 46
    Pour les jeunes à partir de 9 ans.

    ISBN 978-2-89607-222-4
    I. Paré-Sorel, Julien, 1985-   . II. Titre. III.
Collection : Chat de gouttière ; 46.
PS8557.E842P462 2013   jC843'.54 C2013-940895-9
PS9557.E842P462 2013

Illustration de la couverture
et illustrations intérieures :
Julien Paré-Sorel

Conception graphique de la couverture :
Annie Pencrec'h

Copyright © Pierre Desrochers, Julien Paré-Sorel
et Soulières éditeur
ISBN 978-2-89607-222-4

À Blanche

1
L'examen de géographie

Mardi 19 juin 1962

— Fait tellement chaud, se lamente Lucien, c'est tellement humide qu'on va finir par avaler des poissons rien qu'en respirant.

— L'hiver, tu chiales parce qu'il fait trop froid, l'été parce qu'il fait trop chaud, finalement tu te plains tout le temps, que je lui réponds.

— Ah ! Parce que, toi, tu trouves qu'on est juste bien ? Que c'est le temps parfait pour aller nous plonger dans un examen de géographie, dans une classe surchauffée sans vent, pas d'air pis la sueur qui nous coule dans le cou ?

Il vient de lancer sa peau de banane dans le jardin de la vieille Fournier comme il le fait chaque matin. Habituellement, ce geste ne porte pas à conséquence. Mais ce matin, quand la porte avant de chez la vieille Fournier s'ouvre, une tête monstrueuse surgit. Elle est prolongée par une gueule écumante pourvue de crocs on ne peut plus menaçants.

D'un bond, la bête a sauté par-dessus la clôture et s'est mise à nous courir après. On n'a fait ni une ni deux et on a pris nos jambes à notre cou.

— Ah ! vous trouvez ça moins drôle, hein, mes petits malpolis ! lance la grébiche. Vous avez fini de rire de moi. Attaque Tornade ! Manque-les pas !

Et ça jappe, et ça court ! Même le soleil en a pâli. Les sueurs chaudes qui nous pissent dessus sont devenues aussi froides que des glaçons. L'horrible cerbère se rapproche dangereusement de notre fond de culotte. Lucien s'arrête alors brusquement. Il saisit un vieux bâton de hockey qui traîne par terre, se tourne et fait face à la bête.

Quelle n'est pas notre surprise de constater que l'horrible molosse s'est transformé en caniche tout mignon. Plus jappeur que menaçant, il s'est arrêté à nos pieds en sautillant et en frétillant de la queue. Il a suffi qu'on ouvre les bras pour qu'il s'y réfugie en quête de caresses. Finalement, tournant et se retournant à l'appel de sa maîtresse qui s'égosille à le rappeler, il nous quitte en miaulant presque.

Lucien et moi, on est maintenant assis dans un escalier en colimaçon. On a enlevé notre chandail pour prendre le frais à l'ombre d'un gros érable. On s'éponge le visage, le cou, le ventre. On reprend notre souffle.

— C'est de ta faute tout ça aussi, que je me décide à lui dire, à mon héros de Lucien, question qu'il ne se prenne pas la grosse tête. Si tu l'asticotais pas tout le temps aussi !

— Asticoter qui ? Le chien ?

— Pas le chien, idiot, la vieille Fournier !

— Moi, j'asticote la vieille Fournier ?

— Oui, toi ! Avec tous tes trognons de pomme, tes pelures de banane pis tes croûtons de pain.

— Ben quoi ! s'étonne Lucien avec toute la mauvaise foi dont il est capable. C'est juste pour l'aider que je fais ça.

— Pour l'aider ?

— Ma mère dit que les cochonneries de table, ça fait du bon engrais pour les jardins. Pis son jardin a bien besoin de l'engrais que je lui fournis gratuitement.

13

— Lucien, t'es le gars le plus malhonnête, le plus tordu, que je connaisse.

Lucien me décoche un sourire aussi large que les portes du paradis. Assurément et bien involontairement, je viens de lui faire le plus beau compliment qui soit. Je dirais même le seul qu'il attendait de la part de son meilleur ami.

Il se lève alors et enfile son chandail pendant que je finis de me sécher.

— En parlant de malhonnêteté, me demande-t-il, c'est toujours correct, notre petit arrangement ?

— J'aime pas trop l'idée de tricher si tu veux le savoir. Si on se fait prendre, hein ?

— On se fera pas prendre, je te jure. Pépé, sainte-bénite, tu vas pas me laisser tomber ? Si tu m'aides pas un peu, je suis fini. J'ai coulé en religion et en histoire. Si je coule aussi en géographie, je vais être obligé de reprendre ma sixième. On sera plus ensemble. Je te jure que l'année prochaine, j'vais me forcer. Envoye, Pépé, s'il vous plaît, fais ça pour moi !

Mon filou de Lucien me zieute avec cette moue que je reconnais bien, ce sourire espiègle auquel je suis incapable de résister.

La géographie, l'histoire, le catéchisme, la musique, ça ne marche pas sur la même orbite que Lucien. La géographie surtout. Les villes, les populations, les régions climatiques, tout ça, ça fait un tout avec l'ignorance dans le cerveau vide de Lucien.

J'ai finalement cédé. Laisser tomber un ami en danger de mort, ça ne se fait pas, après tout.

— J'espère au moins que t'as bien retenu notre code ! que je dis en revêtant mon chandail à mon tour.

Sans attendre sa réponse, je le prends par le bras et je le pousse devant moi.

— Grouille, sinon on va être en retard à l'école.

Et, effectivement, nous sommes arrivés en retard. Tout juste si on ne s'est pas cogné le nez sur des portes closes. On entre dans la grande salle sans trop se faire remarquer. On file droit à notre place. On nous distribue le questionnaire vite fait, et bing ! l'examen commence.

Tous les élèves de sixième sont réunis dans la grande salle. Cinq professeurs sont chargés de nous surveiller. Il est impossible de voir la copie des autres ni de nous passer les réponses sans risquer de se faire voir et d'être expulsés avec la conséquence d'un échec instantané.

Lucien, qui est placé à ma droite, me lance des regards terrorisés. Il semble paralysé par la complexité des questions. Il n'a encore inscrit aucune réponse sur sa copie. Trente minutes se sont écoulées depuis que monsieur Pelletier nous a donné le signal du départ.

La paralysie de mon copain s'explique. C'est l'examen le plus coch... compliqué qu'on n'a jamais vu. Huit pages d'un questionnaire tordu ! Trente questions à choix multiples, avec ses pièges et ses détails impitoyables lancés dans le désordre le plus complet. Avec, en plus, deux cartes muettes sur lesquelles il faut situer des villes, des pays, des capitales, des fleuves et des chaînes de montagnes. Et cette troisième carte qui fait le rappel de tout le bassin hydrographique du Saint-Laurent. Même moi qui ai pourtant tout bien étudié durant la fin de semaine, j'ai du mal à faire des choix judicieux. J'y vais parfois par élimination, parfois carrément à l'intuition.

Finalement, après avoir passé en revue mes trente réponses, je commence le petit jeu de sémaphore que nous avons

mis au point, Lucien et moi, pour la transmission des réponses. Si j'ai le poing fermé, la réponse est A, la main ouverte à plat sur le pupitre, la réponse est B. Je me gratte le nez : C, l'oreille : D, et quand je passe la main dans les cheveux, c'est E.

Malgré la surveillance étroite des cinq pions, l'affaire est conclue en vingt minutes. Pour les cartes, j'ai placé ma copie en diagonale, dans sa direction. C'est le mieux que je puisse faire. Mais ça ne sert pas à grand-chose. Pour cette partie de l'examen, il devra se tordre la guenille qui lui sert de mémoire pour en extraire le peu qu'il sait. J'ai eu beau écrire assez gros, et lui, s'étirer le cou au maximum sans éveiller l'attention des profs, il n'y a rien à faire. D'ailleurs, je ne suis pas certain de mes propres réponses. Je crois avoir mélangé Edmonton, Edmundston, Rivière-du-Loup et Tadoussac.

Quand nous sortons de l'école, on est en nage. Il fait une chaleur à faire fondre les pierres. Clovis, un premier de classe, est passé en coup de vent. Pas de belle humeur le Clovis. Je l'ai attrapé par le bras au moment où il nous dépassait.

— Alors, Clo, tu dis pas bonjour aux copains ?

Il s'arrête et me regarde fixement comme s'il ne me reconnaissait pas.

— Ah Pépé ! C'est toi ? S'cuse. Salut !

— Pis moi ? bougonne Lucien en constatant que Clovis ne l'a pas remarqué.

— T'as pas l'air dans ton assiette ? que je lui dis.

— Non ! me répond Clovis en frappant du pied une canette de métal tombée d'un tas de poubelles. Les profs, c'est rien que de la bouse de vache, de cheval, pis de cochon, pis de poule.

— Qu'est-ce qu'il y a ? Tu t'es fait prendre à copier ?

— Es-tu fou ?

— Ben quoi d'abord ? Qu'est-ce qu'ils t'ont fait, les profs ?

— Je me suis trompé dans au moins trois questions. J'étais sûr d'avoir 100%. Mais ça, c'était pas un examen, c'était rien qu'un ramassis de pièges pis de questions de détails niaiseux. Edmonton pis Edmundston. Le fleuve Niger pis la population du Japon. Non, mais, on s'en sacre-tu de la population du Japon ! Elle change chaque jour.

— C'est exactement ce que j'expliquais à Pépé l'autre jour, s'est empressé de convenir Lucien, trop fier de voir son opinion corroborée par celle d'un des *bolés* de l'école. C'est pour ça que, moi, la géographie, j'étudie pas ça.

— Ben moi, je l'ai étudiée ! rugit Clovis, rouge d'indignation et bouillant du sentiment d'avoir été trahi par ses maîtres. J'ai même passé toute la fin de semaine à repasser la matière… Ben, je te le dis, Pépé, avoir su qu'on nous poserait des questions aussi cochonnes, je me serais organisé pour tricher pendant l'examen. Pis tu le sais, toi, Pépé, que j'ai jamais triché de ma vie. Ben là, oui, j'aurais dû tricher.

— Ouais ! Mais c'était pas facile de se passer les réponses, explique Lucien. Les pions jouaient dur sur la lorgnette. Mais, une chance, Pépé pis moi, on s'était fait un code.

— Un code ! s'exclame Clo.

— Un super de bon système, explique Lucien avec fierté. La main ouverte, A, la main fermée, B, l'oreille…

— Quoi ? que je lance avec force. Qu'est-ce que tu dis-là ?

— Ben quoi ? reprend Lucien étonné par la brutalité de ma réaction. La main ouverte, A, le poing fermé B…

— Ben non, idiot ! T'as tout de travers. La main fermée, c'était A. La main ouverte, B.

— Quoi ? Mais tu m'as dit main ouverte, A, main fermée, B, l'oreille, C…

— T'es malade ! La réponse C, c'était le nez. L'oreille, c'était D…

— Mais les cheveux, c'était E, s'empresse d'ajouter Lucien, tout bête… Ça, j'en suis sûr, par exemple !

Je dévisage mon camarade d'un air complètement défait.

— On a tout fait ça pour rien, espèce de pas de cervelle ! Dire que j'ai risqué mon avenir pour un taré pareil ! T'avais rien que ça à apprendre, le code. Moi, je me suis tapé la révision de tout le programme de géo. T'avais cinq signes à apprendre ! Cinq signes, c'était quand même pas la mer à boire !

— Je suis sûr que c'est moi qui ai raison, s'exclame Lucien. On va ben voir. J'ai la feuille dans ma poche.

— Quoi ? que je hurle catastrophé. Pendant l'examen, t'avais le code dans tes poches ? Mais t'es complètement viré *su'l top* !

— Ben quoi ? qu'il me répond, le Lucien, en fouillant ses poches comme si de rien n'était. Y'a rien là !

— Y'a rien là ? Coudonc, Lucien Leblanc, t'es-tu tombé sur la tête ? Si le pion t'avait fait vider tes poches durant l'examen, hein ? S'il t'avait demandé de lui montrer ce que tu cachais dans tes culottes ?

— Quoi ? Tu veux dire mon zizi ?

Clovis et Lucien ont éclaté d'un gros rire épais. Ça m'a juste fait monter la moutarde un peu plus près du nez.

— Fais pas l'imbécile, Lucien ! J'ai vraiment pas le goût de rire. Tu sais très bien ce que je veux dire.

En constatant que je ne riais pas du tout, son rire s'est figé au fond de sa gorge.

— Mon dieu, Pépé ! Si on peut plus rire. Le surveillant, y me l'a pas demandé, de vider mes poches. Y'a pas de quoi en faire une syncope ! Et pis qu'est-ce que t'as à craindre ? Ton nom était même pas écrit sur le papier. Comment il aurait pu savoir que c'était toi ?

— Ben voyons! C'est sûr qu'il pouvait pas se douter de rien, hein mon Lucien ? On était assis l'un à côté de l'autre, on avait les mêmes réponses sur nos feuilles, pis on était arrivés en retard tous les deux en même temps.

— On n'avait même pas les mêmes réponses parce que tu t'es trompé dans les signes…

— Wow ! **JE** ne me suis pas trompé dans les signes. **TU** t'es trompé, nuance !

— Ah oui ? Ben on va ben voir. Je l'ai trouvé, le code… Tiens ! Regarde !

On s'est penchés tous les trois sur le bout de papier.

— Ah ben ? fait Lucien d'une petite voix flûtée. Regarde donc ! T'avais raison !

J'ai failli lui sauter à la gorge, tellement j'étais en colère. Et ma colère ne venait pas tellement du fait que Lucien se soit trompé (le Lucien se trompe tout le temps. Il se tromperait en épelant son nom). Non ! Ce qui me mettait en beau joual vert, c'est qu'il ait essayé de me faire porter le chapeau de ses propres erreurs. Qu'il n'ait pas pris plus au sérieux notre contrat. Qu'il n'ait même pas pris le temps d'apprendre le code. Lucien, c'est certainement le gars le plus paresseux que je connaisse.

C'est finalement l'intervention de Clovis qui m'a empêché de commettre un assassinat.

— Pas besoin de vous mettre dans des états pareils, les gars. Même avec un système infaillible, c'était impossible de tricher, je vous dis. Les profs sont encore ben plus ratoureux que vous pensez. Ils avaient prévu le coup. On n'avait pas tous les mêmes copies d'examen.

— Quoi ? Qu'est-ce que tu dis ?

— Pas les mêmes copies, répète Clovis. Vous avez pas remarqué que monsieur Pelletier avait quatre piles d'examens sur son pupitre ?

— On est arrivés en retard.

— Il y avait quatre examens différents. Ben, c'étaient les mêmes questions, mais dans un ordre différent sur chacune des quatre copies. Elles ont été distribuées de manière tout à fait aléatoire.

— Aléatoire ? demande Lucien.

— Mêlée, si tu aimes mieux. Personne pouvait savoir quelle copie son voisin avait. Avant le début de l'examen, les profs nous ont expliqué leur beau stratagème avec leurs grands airs de se foutre de notre gueule… En passant, vous auriez pas vu François Gladu ? Je le cherche.

On ne lui a pas répondu. Clovis nous a plantés là pour aller rejoindre Yves Sénécal, un autre *bolé* de la classe de 6e A.

Lucien est tout déglingué, comme un robot à clé dont le mécanisme serait tout déréglé. Il ne pleure pas, mon Lucien d'ami, mais c'est tout juste. Je ne l'ai jamais vu dans un état pareil. Une vieille guenille qui aurait passé six mois dans un coin n'aurait pas l'air plus délabré.

— Ben là, c'est sûr ! a-t-il le courage de marmonner. Je vais doubler ma sixième. J'ai pas fini d'en entendre parler, ajoute-t-il en glissant un long soupir de désespoir.

— T'en fais pas, Lucien ! que je lui glisse à l'oreille en passant mon bras autour de ses épaules question de le consoler. Même si ç'avait été correct pour les signes, ç'aurait même pas marché… On a quand même essayé. On a fait tout ce qu'il fallait. Enfin, presque.

— Je les avais appris, les signes, Pépé. Toute la fin de semaine. Même que j'ai étudié le programme de géographie. Ben un peu. Mais, qu'est-ce que tu veux, j'ai pas de mémoire pour ces affaires-là. Ce qui me dérange le plus, Pépé, c'est pas d'avoir coulé mon examen. C'est même pas de doubler mon année. C'est de savoir qu'on peut même plus se fier à nos profs.

À ce moment, il me regarde avec les yeux tout rouges, pleins de larmes. Je sais qu'il ne me dit pas tout. Que bien d'autres choses lui font peur. Mais je ne sais pas quoi lui dire à mon Lucien tout penaud, courbé et ramolli qu'on dirait un petit vieux.

Je voudrais lui dire qu'on sera toujours amis. Que, contre ça, les profs ne pourront jamais rien faire. Que mes sentiments à son égard ne changeront pas. Mais je sais que ce n'est pas vrai et je n'ai pas le courage de lui mentir en un moment pareil.

S'il redouble, nous ne serons plus ensemble. Je me ferai de nouveaux amis. J'arriverai au secondaire une année avant lui et c'en sera fait de notre belle amitié. Lucien disparaîtra lentement dans cet éboulis de sentiments, résidu navrant d'une année de retard que Lucien ne pourra jamais rattraper.

Alors, je l'ai laissé partir tout seul, puis je suis allé rejoindre Simon pour fêter la fin des examens et nos succès respectifs. La vie est ainsi faite. Le temps passe et, avec lui, les plus belles amitiés. Quand un copain ne sert plus, il y en a toujours un autre pour le remplacer. Voilà ! C'est fini !

✳

Eh bien non ! Ce n'est pas fini. L'histoire ne se termine pas là. Parce que voyez-vous, mon copain de Lucien, il a le mot chance collé aux fesses. Imaginez-vous qu'il l'a réussi son examen de géographie et avec les honneurs, en plus : 87 %. Vous imaginez ? Les signes tout mêlés ont atterri par miracle à la bonne place sur sa copie. Moi, j'ai dû me contenter d'un épouvantable 64%. J'ai raté la moitié des questions à choix multiples. Quant aux cartes, le pile ou face a joué les bons samaritains et les noms des villes, des rivières et des provinces sont tombés les trois quarts du temps aux bons endroits sur sa copie.

Alors, sa sixième, il ne la doublera pas, le Lucien.

Si bien qu'il y a une morale à tirer de tout ça : il ne faut jamais désespérer de rien. Une cruche même percée finit toujours par se remplir, pour peu que Dame Chance bouche les trous aux bons endroits, aux bons moments.

2
Les sirènes
du crépuscule

17 juillet 1962

Ma mère se ronge les ongles. Papa fixe la télé comme si Maurice Richard allait en surgir pour apparaître au beau milieu du salon. Grand-père mange ses chips BBQ la bouche grande ouverte. Au bout du sofa, tante Romane braille à qui veut l'entendre que la vie n'est vraiment pas juste, que ce sont toujours les mêmes qui paient pour les bêtises des autres.

— Ils vont me briser mes noces. Je me marierai jamais ! Me faire ça à moi qui n'ai jamais rien fait de mal à personne !

Elle a raison, la tante Romane : elle n'a jamais rien fait de mal à personne pour la simple et bonne raison qu'elle n'a jamais rien fait de toute sa vie. Et elle se mouche et elle renifle et elle soupire dans son mouchoir de dentelle de vieille fille manquée. Car tante Romane n'a rien de réussi, ni la bouche trop petite, ni le nez trop long, ni le cou trop maigre. Rien, je vous dis. C'est dur d'admettre une telle vérité chez un membre de sa propre famille, mais tante Romane est franchement laide. Mettez-lui un vieux chapeau sur la tête et les deux bras en croix, vous en faites un épouvantail à moineaux.

Remarquez, elle a quand même un peu raison, la pauvre tante. Si la moitié des calamités qu'on annonce à la télé se réalise, son mariage est vraiment à mettre à la poubelle.

Avec qui elle se marie, vous me demandez ? Ben, avec l'oncle Théo, son vendeur d'omelettes. Laid comme un pou, chauve comme une boule de quilles et avec des dents comme des chicots tout rouillés.

Mais revenons à ce qui se passe dans notre salon. Comme je vous le disais, les vieux sont accrochés à l'écran de télé comme un édenté à ses dentiers. Moi, j'avoue que je ne comprends pas trop ce qui se passe. Paraît que des évènements graves se préparent qui pourraient bien conduire au déclenchement de la guerre.

Mais attention ! Pas n'importe quelle guerre ! **LA guerre** ! La **vraie** ! La **troisième** ! Celle dont on parle depuis des années comme étant celle de la FIN DU MONDE. Avec les ogives nucléaires, le gros champignon, les retombées radioactives, avec ses millions de morts, des incendies partout, les maladies, les corps brûlés, démembrés, déformés, la peau qui tombe en lambeaux, les mutants. Les gros inconvénients, quoi !

C'est du moins ce que l'annonceur de Radio-Canada nous promet avec de belles images et tout et tout.

Finalement, après quinze minutes d'attente, celui que tout le monde espère apparaît enfin à l'écran : LE PRÉSIDENT KENNEDY !

Sur le coup, je ne l'ai pas reconnu. Avec ses belles dents toutes blanches et bien alignées, j'ai cru que c'était le gars de la pub du dentifrice *Pepsodent* qui allait se mettre à chanter la fameuse ritournelle :

Adieu dents ternes à tout jamais.
Seul Pepsodent vous le promet.
Pepsodent !

C'est quand maman et tante Romane se sont mises à se pâmer sur lui que la mémoire m'est revenue.

— On dira ce qu'on voudra, déclare maman avec emphase, y'a beau être américain, c'est quand même toute une belle pièce d'homme ! Non mais y'est-tu assez beau !

— Chuttt ! fait papa en levant le son de l'appareil. Le président américain va parler !

Et voilà ce qu'il a dit, le Président, aux Russes, en les regardant droit dans les yeux : « *Si vos bateaux dépassent les nôtres, je vais peser sur le bouton de la grosse catastrophe !* »

Le défi est lancé !

Suivent à l'écran des photos prises d'un avion espion américain. Elles nous montrent des lance-fusées installés à Cuba qui pointent les États-Unis de toute leur force menaçante. Tout ce que je vois, moi, c'est un grand champ de bananes avec des camions dedans.

Et là, je me mets à rire. C'est par en dedans que je ris, parce qu'à voir la tronche de mes parents, je comprends que l'heure n'est pas à la rigolade. J'imagine les bombes de bananes qui nous tombent sur la tête en faisant *splish, splash* partout. Parce qu'ils nous bombarderaient rien qu'avec des bananes pourries, ces méchants-là ! Les bonnes bananes, ils les gardent pour les manger avec leurs *Corn Flakes,* le matin.

Mais, bon, c'est sérieux. S'agit pas d'une guerre de bananes. Le monde va retenir son souffle pendant deux bonnes semaines avant que tout ne se règle. Quant à moi, quelques secondes encore et je suis allé rejoindre les copains dans la ruelle.

Pour se changer les idées, on a joué à la guerre. Avec nos bâtons de hockey en guise de fusil, on s'est lancés dans des bagarres épiques, trucidant, étripant, culbutant un ennemi imaginaire. Mais on se lasse vite. Après trente minutes de course inutile, on se rassemble dans la cour de Lucien.

— C'est pas ben le fun, jaspine ce dernier. Y'a personne qu'on peut tuer.

— Y'a pas un chat dehors, que je rétorque. Juste le père Gladu qui est passé en parlant tout seul.

— Ouais ! Pis tellement saoul, précise Gabriel, qu'il s'est même pas aperçu qu'on lui tirait dessus pour le tuer.

— On s'est même pas fabriqué des bombes avec rien, renchérit Raymond. Même pas une petite grenade. Ça faisait minable, notre affaire !

— On se reprend demain soir, propose Lucien.

— Non ! Pas demain soir ! J'ai une partie de baseball. Pis c'est moi qui lance. Pas question de manquer ça.

— Ben, après-demain, d'abord, insiste mon garnement de Lucien. On va avoir encore plus de temps pour se préparer. Mais cette fois, on se sépare en deux armées ennemies. Ça va être ben plus le fun.

— O.K. pour après-demain ! que je fais avec gravité, comme si les tractations actuelles prenaient tout à coup une envergure qu'aucun d'entre nous n'avait prévue.

— On devrait faire les équipes tout de suite, lance alors Lucien en me fixant droit dans les yeux.

— C'est qui les chefs ? que je demande.

— Ben, toi pis moi ! Moi, parce qu'on est quand même dans ma cour, pis toi parce que t'es le seul à avoir un bicycle Mustang.

Je me retourne pour regarder les autres gars. Aucun ne semble s'opposer à l'idée. J'accepte le défi.

— Mais il nous faut un trophée, que je lance après avoir cogné mon poing contre celui de Lucien pour sceller l'accord.

— Un trophée ? s'étonne Lucien en

écarquillant les yeux. Quel trophée ? On joue à la guerre, là, pas au hockey-bottines. C'est sérieux.

— Justement parce que c'est sérieux, ça prend un trophée. Quelque chose qui va prouver au monde quelle armée a gagné la bataille.

— Ben, chaque armée pourrait se fabriquer un drapeau, explique Simon. L'équipe qui gagne remporte le drapeau de l'équipe perdante.

— C'est trop moumoune, que je réponds. Ça prend quelque chose de plus *punché*, quelque chose qui nous engage vraiment. Quelque chose qui vaille la peine qu'on se batte pour la conserver. Y'en a-tu ici qui ont vu le film *La Guerre des Boutons* ? Ç'a passé à la télé la semaine passée.

— Je l'ai vu, dit Lucien en me fixant avec un demi-sourire sur les lèvres. Tu veux qu'on joue notre culotte ?

— Ahhhh ouiiii ! Je l'ai vu moi aussi, le film, rigole nerveusement *Yeux-de-Taupe* en ajustant ses lunettes faites avec deux fonds de bouteille. Les gars se retrouvent tout nus à la fin du film pour pas perdre leur culotte… Aïe, Pépé ! Tu veux quand même pas qu'on se batte nu-fesses ?

— Aie pas peur, Francis, on la verra pas ta petite zézette, lui répond le grand Émile. Ni non plus tes tites fesses roses.

— Va donc chez le bonhomme ! hurle Francis en se tassant pour éviter la *bine**
que lui décoche Émile.

Le coup est passé dans le vide.

— Raté, gros épais ! rigole Francis en faisant une grimace à son tortionnaire.

Émile s'élance pour rattraper le minuscule Francis qui s'est réfugié derrière moi, question de se mettre à l'abri.

— Vous avez fini, les deux amoureux ? intervient Lucien avec autorité. On parle de guerre. C'est pas le temps des mamours. J'aimerais ça que Pépé nous explique ce qu'il entend par trophée.

— C'est pas compliqué, que je lui rétorque : l'armée victorieuse remporte la culotte du général de l'armée vaincue.

— Ta culotte contre la mienne ? résume Lucien en se dandinant, les bras croisés, un mauvais sourire aux lèvres.

— C'est toi qui voulais être chef, faut assumer.

— Parfait ! Le vaincu perd ses cu-

---

* Bine : Coup de poing, plus ou moins amical, pour laisser une marque sur l'épaule d'un camarade.

lottes, mais, attention, pas ses caleçons.
Tu penses bien que je voudrais pas que tu
sois obligé de rentrer chez toi les fesses
à l'air.

— Crains pas! Mes culottes sont bien
attachées. Mais attention aux tiennes.

— Correct pour le trophée. Mais les
équipes ? Qu'est-ce qu'on fait avec les
équipes ? Au nombre qu'on est, ça fera
pas des équipes égales.

Hé oui ! Nous sommes quinze. Qu'à
cela ne tienne, il est décidé qu'en raison de mon superbe vélo Mustang, qui
leur arrache encore des envies de jalou-
sie et qui me donne une avance sur tout
le monde, je vaux bien deux hommes à
moi tout seul. Gonflé d'orgueil, je consens
même à prendre dans notre équipe *Yeux-
de-Taupe*, le minuscule Francis avec ses
barniques en fond de bouteille.

Les équipes sont vite formées, à la
suite de quoi il est décidé que nous serons
l'armée offensive. Lucien décide d'instal-
ler son quartier général sur le toit de son
garage.

Notre mission : les en faire descendre
en les flanquant dans le tas de poubelles
le plus proche. Ensuite, vite fait, on
s'empare de leur général en chef, on le

déculotte et on fait, de sa guenille, notre trophée.

— Bon ! conclut Lucien. La bataille, c'est jeudi. Les deux armées se rencontrent à six heures et demie dans la ruelle pour la déclaration de guerre. Maintenant, chacun fait le serment, ce soir, que c'est juste un jeu pis qu'on reste amis après.

Tous les gars se sont rapprochés. Chacun a tendu son bras et a posé sa main sur celles des autres et on a juré d'être toujours copains quelle que soit l'issue de la guerre.

Et le deuxième soir, à six heures trente pile, les deux armées sont réunies dans la ruelle. À la guerre, on s'y croirait presque. On a mis de fausses gâchettes à nos fusils de bois et même des baïonnettes taillées dans des retailles de gros carton et maintenues en place par des restes de ruban noir. On s'est fabriqué des képis avec du papier journal et de la ficelle. Chaque équipe possède ses propres munitions. C'est qu'on s'y est préparés à cette bataille mémorable !

Des sacs de farine pour l'ennemi, des ballounes d'eau pour nous.

On s'accorde trente minutes pour se mettre en train. Ensuite, ce sera l'attaque sans merci. On s'est retrouvés, mon équipe et moi, devant la maison de Paulo.

— Bon les gars ! Ils sont sur le toit du garage. Ils peuvent pas bouger de là. Ils sont faits comme des rats. Il suffit de les encercler et de les obliger à se vider de leurs munitions tout en nous tenant à l'abri de leurs bombes à la farine. On se cache où on peut : dans les poubelles, les poteaux de téléphone ou les arbres. Moi, pis Raymond, on va être dans les escaliers de la mère Lefrançois pour les attaquer de haut. Bon ! Maintenant, attention ! C'est super important ! Même si vous êtes atteints par un de leurs sacs de farine, vous faites semblant de rien. Vous êtes pas morts. Que j'en voie pas un mourir sans ma permission ! Vous vous époussetez, pis vous continuez l'attaque.

— Ben voyons ! s'objecte Paulo, le seul Italien de la bande, c'est de la triche !

— À la guerre, que je rétorque, y'a pas de triche, y'a juste la victoire qui compte… Bon, voilà le plan. Francis, Dany pis Tit-Jean dans la ruelle ; Mancini pis Sylvain dans la cour de Mancini, derrière le pommier.

— Pas dans la cour chez nous ! gémit Paulo. Ma mère va me tuer si elle nous surprend à patauger dans ses plans de brocoli.

— C'est la guerre, Paulo ! C'est quand même pas de ma faute si tu restes juste à côté de l'ennemi. On n'a pas le choix... Raymond, c'est toi qui vas transmettre mes ordres aux autres. On va avoir un bon angle de vue sur le toit du garage. Les autres, vous restez cachés tant que le signal de l'attaque n'a pas été lancé. Au signal, on grimpe, pis on les garroche dans le tas de poubelles le plus proche. Cinq minutes, c'est fini. On a gagné.

— Pépé, intervient Francis. On n'a pas d'échelle.

— Quoi, l'échelle ?

— Ben comment on fait pour grimper si on n'a pas d'échelle ?

— Sapristi ! c'est vrai ! Ah ! les bandits ! Y'ont ben choisi leur place.

— J'ai une échelle, lance Paulo, tout fier de s'en souvenir. Même qu'elle est dehors contre le mur de la maison.

— Est assez longue pour le garage ?

— En masse. Elle est en bois, vieille, mais quand même assez solide.

— Bon ! Mais une échelle, c'est pas assez !

— Moi, mon grand-père en a une aussi, s'exclame Sylvain. Mon père l'a empruntée pour peinturer les fenêtres du deuxième étage, le mois passé. En bois itou, mais elle est solide. Pas vieille pantoute.

— Elle est chez vous ?

— Non, chez mon grand-père.

— Il habite loin ?

— Non, à Pont-Viau !

— Épais ! C'est de l'autre bord de la rivière. Comment tu veux...

— Richard Castonguay, y'en a une, échelle, intervient Tit-Jean. Pas ben solide, mais ça devrait faire l'affaire.

— Quoi ? Tu veux parler de Richard, le *catcher** de notre équipe ?

Raymond, Richard, Tit-Jean et moi, on fait partie de la même équipe de baseball peewee : les Éclairs de Saint-Viateur. Richard est le meilleur *catcher** de la ligue

* Catcher : Receveur, au baseball. En 1962, le terme receveur n'existait pas encore dans le langage du baseball. Il allait s'imposer avec l'arrivée des Expos et de son descripteur de match, Jacques Doucet.

et notre meilleur frappeur, pis notre meilleur coureur sur les buts. Notre meilleur joueur, finalement ! Mais je ne le connais pas vraiment. Richard ne fréquente pas notre école. Il est du district de l'école voisine. Alors forcément…

— Y reste où ? que je demande. Pas à Longueuil, j'espère ?

— Non ! rigole Tit-Jean. À trois rues d'ici. Cinq minutes, aller-retour en courant.

— Bon ! Vas-y avec Dany. On vous attend ici. Dix minutes, pas plus. La guerre commence dans vingt.

Pendant que nous attendons le retour de Tit-Jean, je me suis approché de Raymond qui est assis à l'écart du groupe. D'un geste discret, je retire de dessous mon chandail un sac de papier que je lui remets sans attirer l'attention des autres.

— Cache ça dans un coin. Arrange-toi pour que personne ne trouve le sac. C'est super important.

— C'est quoi ? mumure Raymond.

— C'est une culotte de rechange au cas où, ben tu comprends…

Il a compris. Il saisit le sac et se le fourre sous son propre chandail et s'en va le cacher dans un coin connu de lui seul.

Il aura fallu quinze minutes pour que Tit-Jean et Dany se pointent enfin avec l'échelle et Richard au bout.

— Quand je lui ai parlé de la guerre qu'on préparait, raconte Tit-Jean, tout fier de son exploit, Richard a voulu venir avec son échelle. Comme on est juste sept, je me suis dit qu'il ferait le huitième et que les équipes seraient égales. Alors nous v'là, avec l'échelle pis notre huitième commando.

— Bravo, Tit-Jean. Salut Richard… Les autres, vous allez partager les bombes avec notre nouvel allié. Moi pis Raymond, on va discuter avec Lucien, l'avertir et tout. Ça prend un drapeau de parlementaire. Dany, ton chandail.

— Pourquoi moi ?

— Parce que t'es le seul à avoir un chandail blanc. Arrête de geindre. C'est juste pour le temps des *parlementations*. Après tu le retrouveras, ton chandail. Seigneur ! C'est pas une misère à se faire ! Moi, je risque ma culotte, si je suis pris pendant le combat… Bon. Merci !

Armé de mon bâton de hockey transformé en mât de drapeau au bout duquel flotte le chandail de Dany, avec Raymond en remorque, je longe la maison, je pénètre dans la ruelle et je m'approche du garage.

On ne fait pas dix pas sans que trois des troufions de Lucien nous tombent dessus avec des hurlements de victoire.

— Aïe ! L'épais! Tu vois pas qu'on a un drapeau blanc ?

— T'es quand même le général de l'autre armée, riposte Simon Vaillancourt. T'es notre prisonnier.

— Ça compte pas, que je te dis ! Faut que je parle avec ton chef.

— Qu'est-ce que tu veux ? crie Lucien depuis le fond d'une cour.

— T'avais dit que votre fort serait sur le toit de ton garage, que je lui réponds. Qu'est-ce que vous faites dans la ruelle ?

— On prépare les défenses du garage. Pis la ruelle, c'est le champ de bataille ; elle est à qui la prend. Qu'est-ce que tu veux ? Parle vite, on est occupés.

— C'est pour vous dire qu'on a un huitième commando. Les équipes sont maintenant égales.

— C'est qui ?

— Richard Castonguay.

— Je le connais pas.

— Si tu jouais au baseball, tu le connaîtrais. C'est le *catcher* de notre équipe, le meilleur joueur de la ligue. Quinze coups de circuit depuis le début de la saison…

— Pas besoin de réciter son pedigree. S'il est de notre âge, ça va. *Catcher* ou pas, la farine, y va se la manger par les trous de nez comme les autres. Attache ben ta culotte, mon Pépé.

— La guerre commence dans huit minutes, que je lance avec autorité avant de tourner les talons et de rentrer avec Raymond retrouver la troupe.

Arrivés devant les gars, je fais de grands signes pour qu'on se rassemble autour de moi.

— Petits changements, que je murmure à voix basse. Richard, dans le jardin avec Paulo pis Sylvain. Raymond, tu vas dans la ruelle avec les trois autres. Je serai seul dans l'escalier de la grand-mère à Lucien. Attention ! Ils ont mis des troupes autour de la ruelle. Ça fait que, prudence ! Le toit du garage est rempli de poubelles vides et virées à l'envers et derrière lesquelles l'ennemi va se cacher. Ça fait que, là aussi, prudence avec les échelles. À mon signal, on grimpe, on défonce, pis on assomme tout le monde avec nos bombes à eau. La culotte à Lucien, je la veux au bout de mon fusil. Maintenant, chacun à sa place.

Trois minutes plus tard, je suis juché sur le deuxième palier de l'escalier de la vieille Lefrançois d'où j'ai une vue plongeante et dégagée sur le toit du garage et sur toute la ruelle.

En bas, mes troupes avancent prudemment. De l'ennemi, aucun signe. Sur le toit du garage, pas un mouvement, dans la ruelle pas un mouvement, dans les cours avoisinantes, pas un mouvement. À croire qu'ils se sont volatilisés.

J'hésite. Cette immobilité me semble louche. L'ennemi nous prépare sûrement un guet-apens quelque part. Je jette un coup d'œil rapide aux deux extrémités de la ruelle. Toujours rien ! Pas un mouvement, pas un bruit. Même les oiseaux se sont tus. Le vent ne vente plus, les nuages ne nuagent plus et l'herbe n'herbe plus. Trop de silence, que je me dis.

En bas, mes gars trépignent d'impatience. L'absence de toute action risque de les rendre imprudents. Si l'ennemi a abandonné ses installations, alors tant pis pour lui. On attaque, on prend son fort et la victoire est à nous sans combattre. Ce qui sera bien dommage pour les bombes à eau qu'on aura préparées pour rien, mais que voulez-vous, à la guerre comme à la guerre ! Alors, je me lève bien droit, comme Jules César au milieu de ses légions, et je lance le signal :

— Rrrrrrrrrrroucouloucoucou !

Mes gars ne bougent pas. Ils ont levé la tête et ils me regardent en se demandant sans doute si je ne viens pas d'être piqué par une colonie de guêpes.

— Qu'est-ce que vous attendez ? que je leur crie. C'est le signal de l'attaque. Attaquez !

— Ben, ton signal, c'était pas ben, ben clair, répond Sylvain derrière son bouclier de métal. On aurait dit le cri de Tarzan qui se serait pris les billes dans sa liane.

Tous les gars se mettent à rigoler. Dans mon escalier, je suis rouge de rage.

— Très drôle ! Toi, Lacasse, fais ben attention à tes billes. Si je descends, je te les fais avaler, si seulement t'en as.

— Mon Dieu ! Monte pas sur tes grands chevaux, Pierre-Paul Major. C'était juste une farce. Si on peut plus rire, maintenant !

— C'est pas le temps de rire, bande de sans dessein, c'est le temps de passer à l'attaque. Tout le monde sur le toit du garage… Rrrrrrroucouloucoucou ! Chargez !

Et ils ont chargé, mes hussards ! Sans enthousiasme et sans excitation. C'est que d'attaquer un ennemi absent, ce n'est pas ce que je pourrais appeler une grande source de motivation. Tout de même, ils ont grimpé, ils ont zieuté partout. Je suis allé les rejoindre.

Pas un chat ! Que des poubelles renversées avec personne ni devant ni derrière. Ni devant ni derrière... mais dedans ?...

Trop tard ! Dans un vacarme hallucinant, toutes les poubelles sont renversées d'un coup et les sacs de farine ont commencé à nous pleuvoir dessus de tous les côtés. La bagarre s'est emparée de chaque pied carré du toit du garage. C'est l'empoigne générale ! À coup de fusils transformés pour la cause en épées improvisées, dans des charges rageuses, au milieu de taloches et d'engueulades, de cris, de rires et de lamentations !Au bout de trois minutes, tout s'arrête. Lucien revendique la victoire.

Mon armée, enfarinée comme des fantômes de l'Halloween, se rend. Elle n'est plus en mesure de manœuvrer en raison du fait qu'on s'est fait arracher nos ballounes pleines d'eau. Et c'est sur nos caboches qu'elles ont explosé, malaxant au passage l'épaisse couche de farine qui

s'est transformée très vite en pâte col-
lante et gluante.

— Rends-toi ! clame Lucien en me
plantant son épée de bois sous le men-
ton, vous êtes vaincus. À nous ta culotte !

On va m'obliger à m'en départir
quand, tout à coup, brisant le silence de
la nuit qui tombe, un hurlement éclate.
Tel qu'annoncé durant toute la journée à
la radio, la Protection civile procède à des
exercices d'alerte et d'évacuation. Pour
la première fois dans toute l'histoire du
Québec, des sirènes annonçant l'arrivée
prochaine d'un bombardement font reten-
tir leurs sons lugubres à travers toute la
ville.

Nous sommes paralysés. Nous cher-
chons d'où peuvent provenir ces voix de
fin du monde. Nous avons beau examiner
les environs, observer chaque recoin du
ciel, on ne trouve rien.

Les portes de toutes les maisons se sont
ouvertes. Les hommes, les femmes, les
enfants, les vieux comme les jeunes, tous
sortent pour entendre le son des sirènes
et chercher, comme nous le faisons, dans
le ciel noircissant, son point d'origine.

Tous les balcons, toutes les galeries
sont encombrés de corps disloqués qui se

tordent dans toutes les directions pour examiner la ligne d'horizon. Et c'est alors que la terreur survient.

Venant de l'est, une ombre noire surgit de l'horizon. Le grondement des moteurs grandit à mesure que l'immense avion fonce vers nous comme une bête horrible. Un bombardier !

— Regardez, hurle Lucien avec effroi, ils viennent d'ouvrir les soutes à bombes.

C'est bien vrai ! Moi aussi, j'ai vu quelque chose sortir du ventre de l'appareil. Alors, saisissant nos futiles fusils de bois, tandis que l'immense oiseau de fer défile au-dessus de nos têtes, nous l'accueillons à grands coups de *tactactactac* et *de tcittchittchitchit* rugissants. L'avion nous survole puis, constatant notre farouche résistance, il passe sans faire de dégâts. Les sirènes se taisent.

Voyant que nous avons vaincu par notre courage et notre détermination un rugissant ennemi, nous nous mettons à sauter d'allégresse et à nous congratuler en hurlant notre joie et notre soulagement d'être encore vivants. Et c'est au milieu de toutes ces réjouissances que la bombe éclate, sournoise, terrifiante.

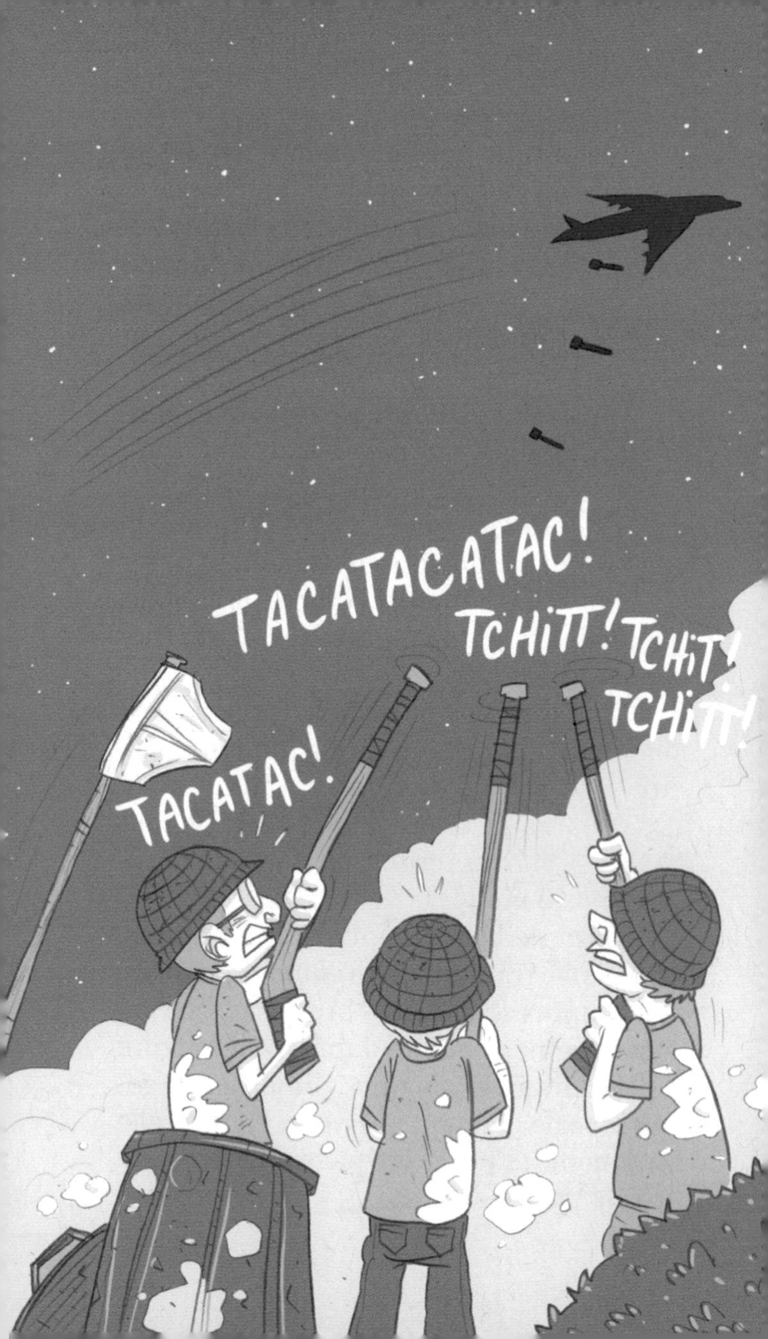
TACATACATAC!
TCHITT! TCHIT! TCHITT!
TACATAC!

Tout ce que nous entendons depuis les balcons des alentours, c'est un chœur de papas et de mamans qui nous hurlent de ne pas rester là, de descendre vite fait, que le toit va s'effondrer. Ce qu'il fait dans les secondes qui suivent sans qu'on n'y puisse rien.

Tous les seize, on se retrouve, huit pieds plus bas, cul par-dessus tête dans un enchevêtrement de poutres, de pierres et de débris de toutes sortes. On ne voit pas un pouce devant soi tellement il y a de poussière. On entend crier à gauche, pleurnicher à droite, tousser et cracher de partout.

Cinq minutes plus tard, les pompiers font leur apparition suivis de trois voitures de police, de quatre ambulances, des civières et encore des sirènes. De tous ces pieds et bras tordus, on réussit à dégager tout le monde.

Bilan de l'attaque, trois bras cassés, une jambe fracturée, des entorses sévères, des coupures, des côtes brisées et un clou honteusement planté dans l'arrière-train de Lucien. Bref, de quoi alimenter la gazette locale pendant des mois. La nouvelle fera même la première page du *Montréal-Matin**.

Le seul qui en soit sorti indemne, c'est Francis. Il m'expliquera plus tard qu'il a ressenti une violente faiblesse au moment où il a voulu grimper dans l'échelle, son cœur lui débattait dans la poitrine comme s'il avait couru le marathon à pleine vitesse. Francis s'est assis sur un tas d'ordures et il a attendu que ça passe. Quand il est venu me voir à la maison, j'ai bien remarqué qu'il avait les lèvres légèrement bleutées. Mais, bof ! il souriait de toutes ses dents.

Quant à moi, outre que j'ai sauvé ma culotte, je m'en tire avec une bosse sur le crâne et une semaine de travaux forcés à la maison avec défense de sortir mon Mustang pendant les deux semaines qui suivent.

Les quinze familles se sont cotisées et les pères se sont rassemblés pour prêter main-forte au papa de Lucien pour la démolition définitive du garage démembré et pour le terrassement de cette partie de la cour.

Dix jours plus tard, les Russes renonceront à forcer le blocus américain et les missiles de Cuba seront démantelés. La crise des Missiles s'achèvera par une victoire américaine retentissante.

Onze mois plus tard, Jonh F. Kennedy, le président américain sera assassiné. Cinq années plus tard, ce sera au tour de son frère, Robert, de tomber sous les balles d'un tireur fou, suivi quelques semaines plus tard par l'assassinat du pasteur Martin Luther King.

Tous ces évènements feront dire à ma mère que les principaux ennemis des Américains sont le peuple américain lui-même.

Pour les cracks d'histoire

1) **Le *Montréal-Matin*** : c'est un journal tabloïd du matin (1930-1978), du même format que l'actuel *Journal de Montréal*. Journal résolument conservateur au sens politique. Il rapporte surtout les nouvelles locales (les chiens écrasés comme on disait à l'époque, pour dénigrer ce genre de presse à sensation) et l'actualité sportive.

2) **La crise des Missiles de Cuba** a bel et bien eu lieu entre le 16 et le 28 octobre 1962. Cette affaire a certainement

été la plus importante de toute la période de la Guerre Froide qui opposa les États-Unis et l'URSS dans cette période charnière de l'histoire moderne. L'auteur a ici devancé la date des évènements pour les besoins du récit.

3) **L'assassinat du Président John F. Kennedy** s'est produit à Dallas le 22 novembre 1963. Sa mort entraînera les États-Unis dans une ère d'effervescence et d'instabilité politique qui culminera avec l'affaire du Watergate sous la présidence de Nixon, qui sera forcé de démissionner, et avec la défaite des Américains au Vietnam.

3
Le cousin Édouard

12 juillet 1962

Tout a commencé il y a deux semaines. J'ai été recruté pour assister mon père dans une opération de nettoyage de grande envergure : dégager la troisième chambre de la maison qui sert de salle de débarras. Papa y entasse un tas de cochonneries qu'il accumule depuis des années sans trop savoir quelle utilité ces supposés trésors allaient avoir sur le cours de l'histoire familiale.

Un jour, il avait déniché, au cœur de son fatras, une étagère toute déglinguée qu'il avait rafistolée pour en faire une armoire pour les clous, les vis et les boulons. Bien sûr, il n'avait pas pris le temps d'y entreposer sa collection de vieilles attaches qui continuaient à traîner partout sur son établi. Mais, pendant des années, cet exploit lui avait servi d'argument à chaque retour de ses virées dans le quartier d'où il revenait les bras chargés de cossins.

— On ne sait jamais, clamait-il chaque fois que maman soupirait devant cette mauvaise habitude. Regarde mon armoire. Qui aurait pu prévoir qu'un jour elle aurait l'exacte dimension pour occuper un coin de mon atelier ? Et elle m'aura coûté trois fois rien, juste un peu de sueur et d'huile de bras.

Et c'est ainsi que la chambre s'était vue ensevelie sous une montagne de fenêtres sans vitres, de radios sans voix, de fils, de boîtes de toutes sortes, d'une bécane sans pédalier, d'une tête de lit en fer forgé, de pots de grès ébréchés, d'une horloge sans aiguille, d'une dizaine de vases, d'un carburateur percé, d'un gros coffre en métal sur lequel était écrit CANADIAN ARMY, de trois valises démantibulées, de quatre chaises bancales au siège défoncé, de cadres et même d'une girouette tellement rouillée qu'un ouragan n'aurait pas pu la faire bouger.

Ce matin-là donc, sous le regard sévère de mon adjudant de mère, papa avait dû soumettre ses trophées à une sérieuse cure d'amaigrissement. Ma mère lui avait permis d'entreposer certains objets dans la remise du jardin. La bécane, la tête de lit, le coffre et la girouette, après d'âpres négociations, avaient trouvé grâce à ses yeux. Tout le reste avait pris le bord des poubelles. Finis le carburateur, l'horloge silencieuse, les valises défoncées, les cadres poussiéreux, les chaises à trois pattes, les radios et les vieux châssis. C'est moi qui avais été chargé de descendre tout ça dans la ruelle.

À midi, la chambre était vide et respirait un air qui n'avait plus rien à voir avec celui du triste dépotoir qu'elle avait toujours abrité. Pendant les deux semaines suivantes, on lava, javellisa, repeignit de neuf, couleur lilas, les murs si sales que la crasse s'y était incrustée. J'avais fait les cadrages, papa le gros œuvre au rouleau pendant que maman cousait des rideaux dans de la cotonnade blanche. La tête de lit que maman avait conservée des vieilleries de papa et qu'il avait peinte en blanc, rehaussait un lit sans histoire, tendu d'un édredon également blanc. Le plancher était dans un tel état qu'il avait fallu se résoudre à le couvrir d'une moquette couleur taupe.

— C'est plus beau que ma propre chambre, que je marmonnai, envieux et boudeur, quand on s'arrêta pour admirer le résultat de tous nos efforts.

Il faut dire que, ce matin, je ne suis pas de très belle humeur. En accrochant les rideaux à la fenêtre, maman m'a révélé une chose que papa et elle se sont bien gardés de me dire pendant l'exécution des travaux. Si cette chambre sera bel et bien celle du bébé à venir, elle n'a pas été préparée avec tant de hâte pour cette seule raison. La famille s'apprête à accueillir un invité, un vague cousin prénommé Édouard.

Mais moi, ce cousin, qu'il soit Édouard, Samson ou Tarzan, je n'en ai rien à cirer. Je ne le connais ni d'Ève ni d'Adam, et c'est parfait comme ça. Pour moi, le cousin, il n'existe pas. C'est un étranger sans nom et j'ai décidé que les choses en resteraient là.

Bien sûr, maman m'a expliqué la raison de la présence du cousin chez nous. Un père, pêcheur de Mont-Louis en Gaspésie, a disparu au milieu d'une tempête en juin dernier. On n'a jamais retrouvé son corps. Une cousine désemparée (Oui ! la mère du cousin est la cousine de maman. Donc, le cousin n'est pas vraiment un cousin si vous me suivez bien), une cousine, dis-je, qui a besoin de mettre de l'ordre dans sa vie. Qui n'a plus ses parents pour lui venir en aide. Alors, maman s'est offerte en dépannage. Enfin, une histoire pas très drôle.

Bon, je veux bien. Mais le cousin (qui n'en est d'ailleurs plus vraiment un), eh ben, c'est quand même un étranger !

Toute la bande est réunie dans la cour où je leur parle du cousin qui est en visite chez moi et qui n'a pas mis le nez dehors depuis son arrivée.

— Comment tu dis qu'il s'appelle ? demande le grand Richard.

— Édouard de Mont-Louis, que je réponds sans sourciller. Son père était capitaine sur un gros bateau. Le bateau a été pris dans une tempête. Le bateau a coulé et son père avec.

— Mourir noyé, fais Francis, ça doit pas être drôle !

— Orphelin ! À douze ans ! s'étonne avec tristesse Simon que la perspective de se voir privé d'un père consterne. Pas de père, renchérit-il après un court silence, moi, ce serait assez, je pense, pour me faire perdre la boule.

— Ben pourquoi tu penses qu'il ne sort pas de la maison, mon cousin ?

— Quoi ? intervient Roland. Tu veux dire que ton cousin…

— Cousin… Cousin… C'est vite dit. C'est le fils de la cousine de ma mère… Un cousin de la fesse gauche, pis encore…

— Il aurait perdu la boule ?

— Mon avis c'est qu'il ne l'a jamais eue, la boule. Alors pour la perdre… C'est sûr que de perdre son père, ça n'a pas arrangé les choses.

— Il est comment, ton cousin ? Y parle-tu au moins ? Parce qu'il y a des fous qui ne parlent pas. Y font seulement râler et ils bavent.

— Entéka, que je réponds, y bave pas. Enfin, je pense. Quant à parler, j'en sais rien. Y'a pas ouvert la bouche depuis qu'il est arrivé.

— Ben ça ! glapit Francis derrière ses lunettes en fonds de bouteille, ça veut dire qu'il a vraiment perdu la boule pour qu'il ne soit pas capable de parler.

— Wow, là ! J'ai pas dit qu'il ne parlait pas. J'ai seulement dit qu'il n'avait pas ouvert la bouche.

— Même pas bonjour ?

— Même pas.

— Ni merci ?

— Ni merci, ni bonjour, ni rien depuis quatre jours ! Le soir, je l'entends seulement pleurer dans son lit.

— Ben moi, marmonne Simon, je pense que si mon père était mort, je serais plus capable de parler de tout le reste de ma vie. Pis le soir, je ferais comme ton cousin, je passerais la nuit à pleurer.

— Ma mère, intervient alors Camil Pelletier, elle dit que les fous ont aussi des sentiments. Ton cousin doit ben se rendre compte que, là où il est, il n'a plus ni père ni mère.

— Mon Dieu ! pleurniche Simon. S'il fallait que ma mère meure en même temps que mon père, je pense que je serais même plus capable de pleurer. Mes larmes couleraient sans que j'aie besoin, pis je mourrais noyé dedans.

— Y fait-tu pipi dans son lit ? demande Dany Dubé.

— Ben non !

— Dans ses culottes, d'abord ? insiste Marcel, le frère de l'autre.

— Non ! que je réponds de mauvaise humeur. Pis y porte pas de couche non plus au cas où ça t'intéresserait.

Cette fois, c'est au tour de Lucien de prendre la parole. Il n'a pas encore prononcé un mot, ce qui n'est pas dans ses habitudes. Et je dois avouer que je redoutais ce moment, avec raison d'ailleurs. Dans sa voix, il y a un petit fil qui retrousse, comme de la crème surette sur des fraises fraîches.

— Dis-moi, Pépé, Édouard de Mont-Louis, c'est un drôle de nom, non ? Surtout pour quelqu'un d'ici.

— Mont-Louis ? Ben heu… C'est pas son vrai nom.

— Ah non ?

— Non ! C'est le nom de son village. Édouard vient de Mont-Louis en Gaspésie. C'est comme ça qu'ils disent par là-bas : Édouard de Mont-Louis. Comme toi, par exemple, ce serait Lucien Leblanc de Montréal. Son vrai nom, c'est Leclerc.

— Édouard Leclerc de Mont-Louis ! Ça fait un peu long, tu trouves pas ? Pis son père était capitaine ?

— Ben peut-être pas exactement capitaine comme quand on veut dire capitaine…

— Capitaine de paquebot ?

— J'ai jamais parlé de paquebot.

— Ben t'as dit que c'était un gros bateau... Y'était gros comment, le bateau ? Comme le Titanic ?

— Gros comme ton derrière ! Ça te convient-tu, maintenant !

— Dans ce cas-là, y'était pas ben gros son bateau, me répond Lucien sans se laisser démonter par mon agressivité... Peut-être que c'était juste un bateau de pêche, pis que lui, son père, c'était juste un petit pêcheur.

— Y pouvait pas être juste un petit pêcheur. Parce que les petits pêcheurs, ça existe pas en Gaspésie. C'est pas comme ton grand-père qui va à la pêche à la rivière des Prairies pis qui rapporte seulement trois, quatre ménés...

— Pas exactement pêcheur, peut-être pas capitaine ! Mais y'est mort en pleine tempête au large de la pointe de Gaspé sur un chalutier à moitié pourri.

— J'ai jamais parlé d'un chalutier non plus !

— En tout cas, c'est une drôle de place pour venir mourir quand on est peut-être pas un pêcheur ni un capitaine, ni sur un bateau de pêche, ni sur un paquebot. Tu trouves pas ? Peut-être qu'il est juste mort dans un accident d'autobus. Son

père, c'était peut-être juste un conducteur d'autobus fini.

Me fait suer, le Lucien, avec ses fines allusions. Une autre comme ça et je lui saute au visage. Je suis sur le point de m'ébranler quand soudain une voix se fait entendre dans mon dos. Je me retourne. Le cousin est debout derrière moi, les mains solidement ancrées à ses hanches.

— Pis toi, le ti-Jos-connaissant, ton père, y est conducteur de quoi ? D'une machine à laver ? Pis qui t'a dit qu'il était pourri, le bateau de mon père ? Mon père est mort en portant secours à des pêcheurs pris dans une tempête au milieu du Golfe, le 15 mai dernier. Il était capitaine sur un clipper ultra moderne de trente-deux pieds, lancé à la pêche sportive sur la trace des grands esturgeons nordiques, des bêtes combatives de plus de six pieds de long.

— Six pieds ! marmonne Lucien, incapable de se figurer ce que ça représente en mesure de poisson.

— Six pieds ! répète le cousin avec autorité. Pis l'esturgeon nordique de six pieds, ça pèse jamais en bas de trois cent cinquante livres. Ils ont été submergés par une blanche de trente pieds…

— C'est quoi ça, une blanche ? demande Camil subjugué par le conte et le conteur tout à la fois.

— Une blanche, c'est une vague de trente, quarante, des fois cinquante pieds de haut. Y'a des marins qui disent en avoir vu de plus de cent pieds. Tu imagines, cent pieds ? C'est comme une maison de dix étages ! Tiens, qu'il pointe, le cousin, d'un doigt précis. Haute comme trois fois la maison de trois étages, là, derrière toi.

Tous se retournent pour se faire une idée plus exacte de ce que cent pieds peuvent représenter comme hauteur. Les regards s'arrondissent, des ho ! et des ha ! se font entendre suivi d'un silence respectueux.

— Une blanche, ça prend naissance au cœur des grandes tempêtes, pis ça se déplace à une vitesse de fou. C'est un mur d'eau qui avance vers vous et qui avale tout sur son passage. Rien ne peut résister à une blanche, seulement les plus grands navires, pis encore, à condition qu'ils ne la reçoivent pas sur les travers.

— C'est ça qui a emporté le bateau de ton père ? se risque à demander Simon.

— Son clipper, ouais, pis le chalutier qu'il secourait avec. La vague les a projetés sur les hauts-fonds du côté de l'Île-aux-Sables. C'est là qu'ils ont coulé. Pis je casse la gueule au premier qui se permet de douter de ma parole pis de l'héroïsme de mon père !

Le Lucien n'a pas osé ajouter le moindre mot. Le cousin s'est ensuite tourné vers moi.

— Pierre-Paul ! Ta mère m'envoie te chercher. Elle a des commissions à faire.

Les copains ont quitté la cour et je suis rentré avec Édouard sur les talons. Maman dort dans sa chambre. Les commissions, ce n'est pas vrai ; une raison inventée par le cousin pour me sortir de mon mauvais pas.

— C'est tout ce que j'ai trouvé, me lance-t-il au milieu d'un grand sourire. T'étais en train de couler à pic au milieu de ton océan de menteries.

— T'as tout entendu de ce que je racontais ? que je demande à la fois gêné et contrit.

— C'était pas bien difficile, admet Édouard. Vous étiez réunis juste sous la fenêtre de ma chambre.

— Je m'excuse.

— Pas besoin de t'excuser.

— Oh oui, j'en ai besoin ! J'ai besoin que tu me pardonnes pour tout ce que j'ai pu raconter de niaiseries. J'ai été vraiment stupide.

— Bof ! T'étais pas ben loin de la vérité en disant que j'avais perdu la boule. Quand papa est parti, quand j'ai su que je le reverrais jamais, j'ai pensé que je virerais fou. J'ai tellement pleuré, si tu savais…

J'ai failli lui dire que je savais, que je l'entendais pleurer tous les soirs dans son lit, mais je n'ai rien dit. Il est venu les yeux pleins d'eau, le cousin. Il n'ose plus me regarder en face. Alors, je me suis approché. J'ai mis ma main autour de ses épaules, pis je l'ai serré fort.

— Je te remercie, Édouard.

Il me regarde avec ses grands yeux de ciel d'été.

— Pourquoi tu dis ça ?

— Pour ce que tu viens de faire en bas. Pour avoir empêché les autres de s'apercevoir quel niaiseux je peux être des fois. Je ne mérite pas un ami comme toi. Non, Édouard, t'es pas mon cousin. Maintenant, t'es comme mon frère pour toujours si tu le veux.

Nos têtes se sont rejointes, pis nous sommes restés accrochés l'un à l'autre en se regardant comme des frères siamois. Rapidement, Édouard est devenu mon plus grand ami. On ne se quitte plus. Il vient à tous mes matchs de baseball, partage tous mes jeux.

Une semaine après l'installation d'Édouard dans la chambre lilas, on nous annonce l'arrivée prochaine de La Roulotte *. La Roulotte, c'est la grande fête de l'été. Tout le quartier se ramasse dans le parc avec chaises de jardin et couvertures pour assister au spectacle. Cette année, on annonce une adaptation de l'histoire universellement connue de *L'Homme de la Mancha.*

Elle est peut-être universellement connue, leur histoire, mais aucun des copains, ni Édouard ni moi ne savons de quoi il retourne. Mais qu'importe, La Roulotte c'est la grande rigolade. Aventures, magie, rires et jongleries sont toujours au programme de même qu'un petit spectacle amateur pour les enfants qui veulent bien se présenter sur scène. C'est toujours l'occasion, pour les copains et moi, de rigoler un bon coup aux dépens des pauvres participants.

Mais cette année, on a ajouté, en milieu de programme, juste après le spectacle d'amateurs, un concours pas ordinaire. Il s'agit d'un défilé de bicyclettes spécialement décorées pour l'occasion. Le gagnant remportera rien de moins qu'un superbe bicycle Mustang rouge, flambant neuf, chromé, tout équipé, offert par un marchand du coin. La nouvelle a fait le tour du quartier aussi vite qu'il faut de temps pour épeler le mot vite.

Chez les copains, c'est la mobilisation générale. Pas question de laisser passer une telle occasion. Pour moi, c'est la consternation. Après le passage de la Roulotte, je ne serai plus le seul propriétaire d'un Mustang. Ma suprématie s'éteindra avec l'annonce en grande pompe du nom du gagnant devant tout le quartier réuni. Il montera sur scène, on l'acclamera, on verra sa photo dans le journal local. On ne parlera que de lui pendant des semaines.

Pas question de me laisser damer le pion. Devant une aussi terrifiante menace, une seule solution : faire en sorte que ce soit le cousin qui le gagne, le vélo.

Et surtout m'arranger pour être associé à sa victoire. Ensuite, le cousin, il repart en Gaspésie et le Mustang avec lui. Et moi ? Eh ben moi, je reste le seul propriétaire d'un Mustang de la ruelle Saint-Dominique pour le reste de l'été !

Convaincre Édouard de se consacrer à la tâche de confectionner une bicyclette d'apparat n'a pas été très difficile, surtout après que je lui ai mentionné que, si nous gagnions, le vélo serait pour lui.

Nous nous sommes enfermés dans le garage pendant les dix jours qui ont suivi, ne sortant que pour courir les poubelles dans l'espoir de dénicher les pièces qui manquent à notre puzzle. Et nous les avons trouvées, et plus encore, si bien qu'au bout du compte la vieille bécane déglinguée que papa avait conservée dans la réserve du jardin prend bientôt les allures d'un spectaculaire objet tout astiqué, avec pédalier, pneus gonflés et cadre peint du reste de la couleur lilas qui a servi à décorer la chambre d'Édouard.

De grandes ailes de carton toutes blanches sont solidement arrimées au cadre. Le guidon soutient un fuselage fait du même carton blanc que les ailes. Il est terminé par une tête en forme d'ogive noire à laquelle est fixée une hélice de ventilateur qui se met à tourner quand on actionne le pédalier. L'arrière est décoré d'un aileron du plus bel effet. Le contour de la queue, des ailes et du fuselage est souligné par un jeu de lumières de Noël qui scintillent quand on lève un interrupteur judicieusement rattaché à une batterie composée de huit piles discrètement fixées au cadre.

Sur tout le bas de l'engin, dégageant tout de même le pédalier pour qu'on puisse l'actionner au besoin, on a installé une jupe de carton recouverte de ballons bleus et blancs à demi-gonflés pour qu'ils n'éclatent pas au moment inopportun.

Nous travaillons à notre invention sans discontinuer. On ne néglige aucun détail. L'habileté du cousin est proverbiale. Tous les obstacles liés à l'élaboration des systèmes de poulies pour l'hélice et à l'électrification des lumières sont résolus en trois coups de cuiller à pot.

— Sur un bateau, m'explique Édouard, faut savoir tout faire. Quand son chalutier était à quai, papa m'amenait avec lui pour l'aider aux réparations. J'adorais le voir réparer le moteur avec un simple bout de broche, rafistoler des niches électriques avec des piles de lampes de poche ou calfeutrer des bouts de tuyaux avec de la gomme à mâcher.

— Ton père était donc sur un chalutier ?

— Ouais ! admet le cousin d'un air triste. Sur une coquille de noix toute pourrie.

Finalement, le grand jour arrive. Au début de l'après-midi, Édouard et moi contemplons, avec une satisfaction ébahie, le résultat de notre labeur. L'effet produit par notre création est tout à fait saisissant. Toute la construction donne à voir un avion survolant un ciel de nuages blancs. Bien sûr, nous avons ménagé une surprise que nous ne dévoilerons qu'à la toute fin de notre présentation. Une surprise d'une telle ampleur qu'elle laissera l'assistance pantoise et fera définitivement pencher la balance des juges en notre faveur.

Une heure plus tard, au moment où La Roulotte installe ses pénates dans le milieu du parc, nous sommes les deuxièmes dans une file de participants qui s'étire jusqu'à la cabane des gardiens du parc. Bien sûr, les engins sont restés au secret dans la cave, le garage ou le salon de chacun des participants. On réserve ses munitions pour la grande bagarre qui aura lieu à la tombée de la nuit, après le spectacle d'amateurs qui ouvre les festivités.

C'est Lucien qui est en tête de file, fébrile comme à son habitude et avec son petit sourire narquois. Il s'est retourné vers tous les concurrents massés derrière lui et les défie avec ce genre de phrases assassines qui, chaque fois, me font pousser des boutons sur la frise des fesses.

— À votre place, lance-t-il avec une moue prétentieuse à faire péter d'orgueil un cul de singe, je ne perdrais pas mon temps ici. Avec le bolide que je m'apprête à dévoiler ce soir, vous n'avez aucune chance...

— Ah ouais ? Si tu peux grimper ton invention sur la scène sans qu'elle se désagrège en mille morceaux, ça sera déjà tout un exploit, que je lui réponds.

— Pas de danger ! Mon oncle Victor est mécanicien. Il s'est assuré que tout soit bien solide. Mon bicycle de parade est tellement beau que même tes yeux vont en tomber de leurs orbites en le voyant. En tout cas, vous pourrez pas dire que je vous aurai pas prévenus.

— Pis si tu fermais ta grande gueule ? lui lance Édouard d'une voix si calme que chaque mot prend une dimension encore plus menaçante. Une syllabe de plus, pis je te la fais ravaler avec toutes tes dents.

Le reste de l'après-midi, j'ai perdu le cousin de vue. Il n'est ni au garage, ni dans sa chambre, ni nulle part autour de la maison. Il revient deux heures plus tard pour le souper. Il a des balafres plein la figure, quelques ecchymoses, des plumes sur la caboche, les bras égratignés. Ma mère en a un haut-le-corps en le voyant prendre place à table.

— Mais qu'est-ce qui t'arrive, mon pauvre enfant ? Veux-tu ben me dire où t'es allé pour me revenir dans cet état-là ?

— Ah ! C'est rien, ma tante ! lâche-t-il au milieu d'un large sourire. J'ai été pris dans une bataille de pigeons.

— Bon ben, tu vas pas rester de même ! claironne maman en déposant sur le comptoir l'assiette qu'elle s'apprêtait à servir. Viens, je vais te désinfecter ça. Pis tu vas te laver... Marcel ! demande-t-elle en s'adressant à papa au moment où elle aide Édouard à se lever. Voudrais-tu servir le souper ? J'en ai pas pour longtemps.

Ce soir-là, mon Lucien nous a tous jetés par terre avec sa bécane démentielle. Un engin à vous propulser dans la stratosphère des bicyclettes de parade ! Époustouflant ! Ça clignote de partout, ça gling-glang, ça brille que c'en est quasiment aveuglant. Et une trompette-avertisseur qui claironne, un carillon qui carillonne, des rubans, des ballounes multicolores… Et pour finir, comme une gigantesque cerise sur un *sundae* aussi gros que l'Empire State Building, une horloge coucou sur le guidon qui sonne les neuf heures. Quand le petit oiseau sort enfin de sa cage, son bec crève un ballon qui agite alors une série d'aiguilles attachées à un long fil. Chaque aiguille fait ensuite éclater, à tour de rôle, les autres ballons dans une pétarade infernale d'où jaillissent des millions de confettis dans une explosion de couleurs stroboscopiques.

L'assistance s'est mise à applaudir à tout rompre. La présentation dépasse mes pires appréhensions. Hé oui ! Il nous avait avertis, le Lucien ! Édouard et moi, on est les derniers à passer. Il y a six autres concurrents avant nous. J'ai juste le goût de prendre mes jambes à mon cou et de déguerpir. Mais je me ressaisis. Je me retourne pour voir comment se porte mon cousin. Sûr qu'il est comme moi. Il ne doit pas en mener large. En tout cas, on pourra dire qu'on aura fait notre possible. C'est du moins ce que je m'apprête à lui dire.

Il n'est pas là. Je suis tout seul au bout de la file. Tout occupé au triomphe de Lucien, je n'ai pas vu Édouard partir. Il a apporté le vélo avec lui. Je me retrouve Gros-Jean comme devant. Je n'aurais jamais cru ça possible de la part d'Édouard qui m'est toujours apparu comme un gars déterminé, combatif. Faut croire que je l'avais mal jugé.

Qu'est-ce que je fais, moi, maintenant ? Je reste, je pars ? Je concède à Lucien une victoire désormais assurée ?

Le cousin est revenu finalement cinq minutes plus tard avec la bécane. Il me

tape un clin d'œil enjoué rempli de je ne
sais trop quoi, de confiance, d'espoir in-
sensé, d'une détermination presque débi-
litante. Sur le siège de notre vélo-avion,
une grosse boîte percée de douze trous. La
noirceur grandissante m'empêche de bien
voir de quoi il s'agit.

— C'est une surprise, me dit Édouard
en me tapotant l'épaule.

Je ne lui réponds pas. J'ai la bouche
sèche, des sueurs froides, les jambes
lourdes et molles, le ventre qui me fait
des spaghettis. C'est à ce moment que
nos noms retentissent sur la scène. Il me
faut monter en tenant notre bolide qui,
d'entrée, soulève dans l'assistance des ho !
et des ha ! d'étonnement. Ça me ragaillar-
dit. À la demande d'Édouard, qui s'avance
vers le public, on tamise les lumières de
la scène.

Allongeant le bras, le cousin vient de
mettre le contact. Toutes les lumières du
vélo s'allument, projetant, dans la nuit
naissante, un éventail de couleurs étince-
lantes. Pendant ce temps, j'active le pédalier mettant ainsi en mouvement l'hélice
du fuselage avant.

Cela fait, le cousin ouvre le couvercle
d'une boîte à bijoux empruntée à maman

84

et le cliquetis, émis par les tiges de métal rattachées au fond de la boîte, commence à se faire entendre. On reconnaît l'air de *Petit Papa Noël*. Le MC* approche le micro pour que la musique se diffuse jusqu'aux dernières rangées de l'assistance. Nouveaux applaudissements.

Ceux-ci n'ont pas le temps de se tarir qu'Édouard, avec une adresse de vieux fumeur qu'il n'est pas encore, vient de faire jaillir sous l'ongle de son pouce une flamme au bout d'une allumette de bois.

Trois secondes après, alors que la musique de la boîte à bijoux s'éteint, commence une pétarade tonitruante.

Trois longues tresses de pétards éclatent dans un chapelet de flammèches incandescentes. Au milieu du crépitement, je tourne le vélo vers le public. Édouard tire sur la cordelette qui actionne un mécanisme. Le bout du fuselage avant s'ouvre. La bouche du canon apparaît.

J'appuie alors sur le détonateur. Un boum se fait entendre d'où jaillissent de longs fuseaux de guirlandes de papier et des milliers de confettis argentés.

Pendant que les confettis retombent sur un public subjugué, je vois Édouard

* MC : Abréviation de maître de cérémonie.

enclencher une manette, au bas de la boîte qu'il a installée, à mon insu, sur le siège de la bicyclette. Le couvercle s'entrouvre et, dans une apothéose finale digne des plus beaux films d'Hollywood, dix pigeons affolés prennent leur envol, perçant le rideau de fumeroles dans un battement d'ailes frénétique.

Dans l'assistance, c'est le délire. On applaudit, on crie, on siffle.

Le maître de cérémonie revient sur scène. Il appelle tous les concurrents avec leur bicyclette et leur demande de prendre place sur la scène. On lui remet une feuille. Le nom du gagnant va être annoncé. Silence dans tout le parc. Pas même un chat n'ose miauler dans la nuit. L'heure est solennelle.

Le MC lève son micro. Il demande pour tous les concurrents une bonne main d'applaudissement afin de souligner leur brillante performance.

Oui, mais ça, on s'en fout. C'est le nom du gagnant qu'on veut entendre. Il déplie lentement la feuille qu'on vient de lui remettre. Roulement de tambour.

— Le gagnant est...

Nouveau roulement de tambour.

— Ah ! fait le MC. Nous avons une égalité. Les gagnants sont…

Nouveau roulement de tambour. M'énervent avec leur tambour.

— Lucien Leblanc et Édouard Leclerc.

Les applaudissements fusent. Les autres concurrents s'éclipsent, déçus et humiliés. Tant mieux, que je me dis. Dans le tas, il y a le grand Michel Fauteux que je ne peux pas voir en peinture et qui se croit toujours meilleur et plus fort que tout le monde. Un fendant de la pire espèce. Ça va juste lui faire du bien de se faire un peu rabaisser le caquet.

Sauf que ça ne règle pas le problème. On a deux gagnants, mais un seul Mustang. On ne va quand même pas le couper en deux. Le MC lève le bras pour demander le silence.

— Nous sommes dans une impasse, lance-t-il au micro. Nous avons deux gagnants et une seule bicyclette. On ne va quand même pas la couper en deux. Mais nous avions prévu cette éventualité. Nous allons devoir procéder à une élimination. Mais attention, le perdant ne repart pas les mains vides, non, non, non ! Il remportera un somptueux dictionnaire *Larousse Jeunesse illustré* ainsi que la collection complète des dix-neuf albums des aventures de *Tintin*[*]. Le gagnant, quant à lui, repartira avec le flamboyant vélo que voici.

C'est alors qu'un clown apparaît tenant le roi de tous les vélos : rouge pompier qu'il est, avec des garde-boue blancs, des rubans orange fluo aux poignées, un klaxon tout chromé, une lumière à dynamo sur le guidon et un siège banane fait d'un gros plastique moulé blanc avec plein de petits brillants dessus. C'est la Cadillac des bicyclettes Mustang. Même le mien n'est pas aussi beau.

— Messieurs les champions, vous serez départagés par une question de connaissances générales. Notre charmante hôtesse, mademoiselle Racinette...Merci mademoiselle Racinette ! Mademoiselle Racinette vient de me remettre une enveloppe contenant une question que je vais vous lire. Le premier qui me donnera la réponse exacte sera déclaré vainqueur. On vous remet un sifflet à chacun. Chaque sifflet émet un son différent. Essayez-les, question de s'assurer de leur bon fonction-

---

[*] En 1962, la collection des albums de Tintin comptait 20 titres et s'arrêtait avec l'album *Tintin au Tibet*.

nement… Bien ! Alors, messieurs les champions, concentrez-vous. Je pose la question. Si vous connaissez la réponse vous sifflez. Compris ? Parfait ! Alors on y va !

Long roulement de tambour.

Ça, je n'avais pas prévu. Le Mustang et tout le reste de mon été se jouent sur un coup de sifflet. Bon d'accord, Lucien, ce n'est pas une lumière, mais encore ça dépend sur quoi. Et puis qui sait ce qui peut arriver dans la tête d'un cancre dans un tel moment ? Un éclair de génie est si vite arrivé. Et puis le cousin, je ne sais trop de quoi il a l'air question connaissances générales. Il est très malin en mécanique et en invention de système de poulies, mais qu'en est-il de la géographie, de l'histoire ou de la musique ? Mystère et boule de gomme !

Mais ici, la Providence allait jouer un rôle… providentiel.

Le son du tambour s'éteint. Le MC commence la lecture de la question.

— Histoire et géographie ! À quel endroit Jacques Cartier a-t-il planté sa croix quand il a pris possession de la Nouvelle France lors de son premier voyage en 1534 ?

La sueur me coule dans le dos. Mais réponds, Édouard ! Réponds ! C'est à côté de chez vous !

Ce sera le sifflet de Lucien qui, le premier, se fera entendre. Mon Dieu ! Ne me dites pas que cet imbécile connaît la réponse !

— Sur le mont Royal !

Long soupir de déception dans l'assistance ! Dans ma tête, tout se bouscule, se mêle, le vrai, le faux, Champlain, Cartier, Jean Talon, les ponts, le marché, la Petite et la Grande Hermine…

— Non ! fait le MC d'une voix contrite.

Il se tourne vers Édouard. Tic-tac, tic-tac… Réponds, Édouard ! Où l'a-t-il plantée sa fameuse croix, le Jacques Cartier, si ce n'est pas à Montréal sur le mont Royal… C'est… C'est à…

Édouard redresse les épaules, lève lentement la tête et lance d'une voix assurée :

— Gaspé !

C'est aussitôt un tonnerre de vivats et de bravos. Il l'a gagné son Mustang, le cousin, avec sa photo dans le journal. Tout fier qu'il est ! Il le méritait, ça c'est certain. Il a presque tout bricolé tout seul. La photo, elle n'a pas été prise avec moi, mais avec Lucien.

Parlant de Lucien, il s'est bien repris, allez ! Deux semaines plus tard, il a été élu maire du parc Jarry alors que je me présentais contre lui. Tous les efforts du cousin en ma faveur n'y ont rien fait. Je me suis fait battre à plate couture.

Mais je n'en veux pas à Lucien, allez ! Il les a bien mérités, sa place de maire et son dîner officiel à l'Hôtel de Ville de Montréal avec le vrai de vrai maire Jean Drapeau. Parce que sa bicyclette à Lucien, ce soir-là, c'était un rude concurrent. Et sa réponse n'était pas si bête parce que Jacques Cartier, il aurait bien pu planter une croix sur le mont Royal, puisque c'est lui qui lui a donné son nom, à cette montagne. Et puis Lucien, en dehors de la famille, c'est quand même mon plus grand ami.

Tellement ami, qu'il nous a accompagnés, ma mère et moi, quand nous sommes allés conduire Édouard à la gare, deux semaines plus tard.

Les adieux avec le cousin n'ont pas été faciles. Tous les deux, nous avions les yeux pleins d'eau et, si nous ne pleurions pas comme le feraient deux fillettes, c'est simplement en raison de tout ce monde qui nous regardait. Quand est venu le temps de nous quitter, on s'est quand même jetés dans les bras l'un de l'autre et il m'a embrassé sur la joue. Je lui ai murmuré que je l'aimais comme mon frère et lui, il m'a dit : « Moi, plus encore ! ».

Je ne croyais pas qu'on puisse s'attacher si vite à un parfait étranger.

Quand le train s'est mis en marche, Édouard est resté penché de longues secondes à sa fenêtre à nous faire de grands saluts de la main auxquels j'ai répondu longtemps après que son visage se fut effacé du paysage ainsi que le train qui le ramenait dans son pays, très loin d'ici.

Je ne l'ai plus jamais revu.

Ce matin-là, Édouard est disparu de ma vie à tout jamais. Mais ça, je ne le savais pas alors. J'ignorais cette loi implacable de l'existence qui veut que certains êtres passent dans nos vies comme des feux d'artifice. Ils remplissent nos cœurs de joie, puis s'effacent sans laisser de traces comme une pierre qui disparaît de la surface des eaux après y avoir taillé quelques ricochets.

Un souffle de vent léger au milieu d'un été somptueux, tel aura été le passage de mon cousin Édouard dans ma vie.

Pour les cracks d'histoire

• **La collection des albums des aventures de Tintin** comporte en réalité 24 titres dont deux sont des hors-série, *Tintin au Pays des Soviets* et *Tintin et L'Alph-Art*. La collection, en 1962, s'arrêtait avec *Tintin au Tibet*. L'album suivant, *Les bijoux de la Castafiore*, allait paraître un an plus tard, soit en 1963.

• **La Roulotte** est une troupe de théâtre ambulant qui se déplaçait dans une immense roulotte qui servait à la fois de scène et de coulisses aux comédiens. Créée et animée par Paul Buissonneau, embauché par la ville de Montréal en 1953, La Roulotte obtient, dès la première saison, un immense succès. La Roulotte est aujourd'hui le fruit d'une collaboration étroite entre la ville de Montréal, l'École Nationale de Théâtre et le Conservatoire d'art dramatique de Montréal. Elle continue encore et toujours de parcourir les parcs de la métropole et de présenter des spectacles gratuits en plein air et en soirée avec concours amateur, magie, clowneries, acrobaties et pièce de théâtre.

4

Le sling-shot
de Ti-Guy Pouliot

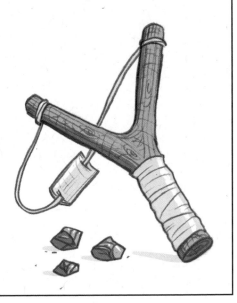

14 août1962

Guy Pouliot ne fait pas partie à proprement parler de la troupe de la ruelle Saint-Dominique. Il demeure trop loin pour que nous puissions entretenir avec lui autre chose que des rapports distants. Ce qui, finalement, est une très bonne chose, car Ti-Guy trimbale derrière lui un sale caractère et une réputation de fier-à-bras pas très enviable. Chaque école a sa terreur, nous, c'est Guy Pouliot.

Il est plus vieux que nous tous de deux ou trois ans. Il a doublé deux fois, reçu la *strape** au moins à six reprises. Il est

---

* La strape : anglicisme. Châtiment corporel administré à l'aide d'une courroie de cuir rigide qu'un directeur d'école avait le pouvoir d'infliger aux élèves récalcitrants... bien sûr, essentiellement aux garçons.

habillé du même chandail, de la même culotte à bretelles été comme hiver, des mêmes espadrilles trouées et des mêmes bas toute la semaine, si bien qu'il pue et qu'il est sale. Mais ce qui le rend encore plus inquiétant, c'est cette balafre sur la joue gauche et ce début de moustache sous le nez qui lui donne un air farouche.

Peu de garçons de l'école ont trouvé grâce à ses yeux et je suis de ceux-là. Allez savoir pourquoi, Ti-Guy m'a pris en affection. Il s'est institué mon garde du corps et mon défenseur sans que je le lui demande. Cette apparente générosité de la part de Pouliot n'a pas du tout fait mon mon affaire. Car le service de protection qu'il propose n'est pas gratuit. Il faut l'endurer pendant les récrés et le fournir en friandises et en pots-de-vin de toutes sortes, comme des devoirs à faire à sa place et des *comics** qu'on lui prête sur demande et dont on ne revoit jamais la couleur.

Heureusement, nous avons les vacances pour nous reposer de son encom-

---

* Comics : Anglicisme. Petites revues illustrées de super-héros ou de GI très populaires à cette époque. La plupart du temps en noir et blanc. On les payait 0,25 $ l'unité.

brante présence. Mais pour une raison tout à fait extérieure à ma volonté, cet été fera exception.

Ce matin, en sortant de la maison, j'ai trouvé cet efflanqué appuyé sur un piquet de clôture, cigarette au bec, en train de m'attendre. En le voyant lancer son mégot par terre et l'écraser de son talon d'un geste de professionnel du tabac, je me suis arrêté pile. Tout mon déjeuner m'est remonté dans la gorge. J'ai essayé de ne pas paraître troublé par sa présence et je me suis remis en mouvement, m'approchant d'un pas faussement nonchalant.

— Tu fumes astheure ? que je lui lance en essayant d'être admiratif question de l'amadouer.

— Ouais ! fait-il avec cet air de crapule qu'il aime bien se donner. Mon père dit que quand un gars a du poil sous le nez, il est quasiment un homme et qu'il est temps qu'il apprenne à fumer, à cracher pis à boire comme un homme.

— À boire ?

— De la bière ! Mais ça, tu peux pas comprendre. T'es trop jeune encore ! Pour la cigarette, je te montrerai… Où t'allais comme ça ?

Où j'allais ! Mon Dieu, où j'allais donc ? Je ne vais certainement pas lui dire où je vais. Des plans pour qu'il vienne aussi. Pas le goût de me trimbaler le Pouliot dans mes excursions quotidiennes. Vite, m'inventer une destination impossible, un prétexte, une diversion : je dois apporter à ma grand-mère un petit pot de beurre et de vermisseaux, des commissions à faire, un cours de macramé, une visite chez le dentiste, une opération à cœur ouvert, n'importe quoi !

— Je m'en vais à la pharmacie acheter… (Acheter quoi ? Qu'est-ce qu'on peut bien acheter dans une pharmacie ?) Des couches !

— Quoi ? Tu portes encore des couches ?

— Aaaaaaaaaaah ! Aaaaaaaaaaaah ! Aaaaaaaaaah ! Très drôle ! que je réponds avec le rire le plus faux qu'on n'ait jamais entendu dans toute l'histoire de l'humanité. Ben non ! Pas pour moi. C'est… C'est pour mon petit… Mon petit frère.

— Ton petit frère ? Je savais pas que t'avais un frère.

— Ben juste un tout petit bout de p'tit frère. Un bébé.

— Ta mère a eu un bébé ?

— Ben heu, ouais ! Ben pas tout de suite, là ! À Noël. Ben, dans ce coin-là !

— Ta mère va avoir son bébé à Noël, pis elle a besoin de couches aujourd'hui ?

— Ben, elle commence à en ramasser. Les couches sont en vente. Ça fait que…

Quelle lamentable prestation ! Pleine de trous gros comme des éléphants. Pouliot n'a aucun mal à mettre mon stratagème en pièces.

— Ben dans ce cas-là, les couches peuvent attendre un peu. Aïe ! Pépé, j'ai une affaire super à te montrer.

— Ah oui ? que je fais avec une prudence non dissimulée.

C'est qu'en général, Guy Pouliot n'a jamais rien d'intéressant à nous montrer sans qu'il nous faille payer cher notre curiosité. Il n'a pas remarqué mon hésitation. C'est qu'une chose a attiré son attention, une chose que j'aurais mille fois préféré qu'il ne voie jamais.

— Wow ! As-tu vu le bicycle ! C'est-tu à toi ?

Il s'est lancé sur mon Mustang comme un enragé. Je n'ai même pas eu le temps de lui répondre qu'il est déjà assis dessus, les deux pieds sur les pédales.

— Prends mon bicycle, qu'il me propose. Moi, je prends le tien. Pis je t'emmène à une place où je vais pouvoir te montrer une affaire qui va te faire sortir les yeux de la tête.

Ici je me suis mal exprimé : Pouliot ne m'a rien proposé du tout. Il m'a ordonné. Ti-Guy Pouliot n'est pas du genre à demander la permission. Le voilà parti debout sur mon Mustang. Il vient de tourner la ruelle en hurlant comme un malade. J'ai juste eu le temps d'enfourcher son vieux bicycle tout déglingué pour me mettre à sa poursuite, tout désespéré, tout essoufflé, tout congestionné dans mes idées à ne plus savoir quoi faire pour récupérer ma rutilante bicyclette qui file devant moi à vive allure sans respect des stops ni des feux rouges. Pouliot zigzague dans la circulation comme s'il était mené par le diable lui-même. Ce qui n'est pas loin d'être la vérité.

On s'est rendus comme ça jusqu'à la forêt des Sulpiciens, à la limite du quartier. C'est un endroit isolé où nous venons occasionnellement jouer aux indiens et aux cowboys, les copains et moi.

Je m'arrête. Ti-Guy a disparu. J'entends un petit cri étouffé. Je me retourne, c'est lui qui me fait signe de le rejoindre.

Nous nous enfonçons dans le bois jusqu'à une clairière où est tapie une cabane faite de branches et de cartons entortillés.

Je la reconnais. C'est la cabane qu'ont construite Simon pis les deux frères Dubé, Dany et Marcel. J'y suis venu pas plus tard que la semaine passée avec Lucien et Camil.

— V'là ma cabane ! clame Ti-Guy, en me mentant le plus effrontément du monde. Je l'ai construite tout seul. Est belle, hein ? Y'a même une table pis un fauteuil. C'est super !

Eh oui ! Il y a bel et bien une table et un fauteuil. La table, c'est Camil et Dany qui l'ont débusquée dans un tas de cochonneries et qui l'ont transportée ici en marchant quasiment un demi-mille avec la table sur le dos. Quant au fauteuil, Lucien, Simon et moi, on l'a récupéré dans un monceau de déchets à la lisière de la forêt, derrière le collège Grasset.

— J'ai même des biscuits ! dit mon hôte pirate, en sortant une boîte en métal toute propre.

Bien sûr, je la reconnais aussi. C'est celle que j'avais apportée de la maison avec, dedans, la collation des copains : un sac de macarons à la noix de coco et au